1886. 18 Novembre

N° 63

Vente du Jeudi 18 Novembre 1886

GRAVURES AU BURIN

ET

EAUX-FORTES MODERNES

La plupart avant la lettre

ESTAMPES ANCIENNES

Portraits, Vignettes, Vues, Dessins, Livres

ET

GRAVURES EN LOTS

Me Maurice DELESTRE
COMMISSAIRE-PRISEUR
Rue Drouot, n° 27

M. DUPONT aîné
MARCHAND D'ESTAMPES
Rue de Seine, n° 25

PARIS — 1886

Vve RENOU ET MAULDE
IMPRIMEURS DE LA COMPAGNIE DES COMMISSAIRES-PRISEURS
Rue de Rivoli, 144

N° 64

CATALOGUE

D'UN JOLI CHOIX DE

GRAVURES AU BURIN

ET

EAUX-FORTES MODERNES

Épreuves de remarque et avant la lettre

ESTAMPES ANCIENNES

Portraits, Vignettes, Vues, Dessins, Livres

ET

GRAVURES EN LOTS

DONT LA VENTE AUX ENCHÈRES PUBLIQUES [illegible]

HOTEL DROUOT — SALLE N° [illegible]

Le Jeudi 18 Novembre 1886

A UNE HEURE ET DEMIE

Par le ministère de Mᵉ **Maurice DELESTRE,** Commissaire-Priseur, rue Drouot, 27.

Assisté de **M. DUPONT aîné**, Marchand d'Estampes, rue de Seine, 21.

PARIS — 1886

CONDITIONS DE LA VENTE

Elle sera faite au comptant.

Les Acquéreurs paieront CINQ POUR CENT, en sus des enchères, applicables aux frais.

L'ordre du Catalogue sera suivi.

DÉSIGNATION

ESTAMPES MODERNES

APPIAN

1 — Port de Saint-Remo. — Retour de la pêche. — Le Pont des Rochers. 3 p., très belles ép. d'artiste sur japon.

2 — Marines et Paysages. 8 p. sur papier du Japon.

AUFRAY DE ROC BHIAN

3 — L'Abreuvoir. Ep. d'artiste sur japon.

4 — Le Lac. — Le Retour des artistes. 3 ép. d'artiste sur japon.

BLANCHARD

5 — La Descente de croix, d'après Rubens. Ep. d'artiste sur chine.

6 — Sainte Juste, d'après Murillo. Ep. avant la lettre sur chine.

BIOT (G.)

7 — La Madone della Scala, d'après le Corrège. Ép. avant la lettre, sur chine.

8 — Aglaé, d'après Cabanel. Ép. d'artiste sur chine. Signée du peintre.

BOILVIN (E.)

9 — Marie-Antoinette avec ses deux enfants à Trianon. 2 p. dont une à l'eau-forte pure.

10 — Portrait de Eug. Delacroix, in-8°. Épreuve d'état avant toutes lettres.

BOISSON (L.)

11 — Le Premier Chapitre. — Conclusion d'après Rongier. 2 p., épreuves d'artiste sur chine.

BOUTELIÉ (L.)

12 — Portrait de femme d'après Pallaivolo. Ép. avant la lettre sur chine.

BOUTET (H.)

13 — Sur le Pont des Arts. — Tête de jeune fille. 2 ép. d'artiste, dont une sur japon, signée.

14 — Portrait d'enfant. Ép. d'artiste sur japon, signée.

BRACQUEMOND

15 — Portrait d'Érasme, d'après Holbein. Très belle ép. sur chine, sans lettre.

16 — Le Haut d'un battant de porte. Très belle ép. sur japon.

17 — L'Inconnu. Très belle ép. sur japon.

BURDET

18 — Le Christ aux anges, d'après *Le Brun*. Ep. avant la lettre sur chine.

19 — Mater Christi, d'après Van Dyck. Ep. d'artiste sur chine.

20 — La Première Naissance, d'après Vauchelet. Ep. d'artiste.

CALAMATTA

21 — La Vierge à la chaise, d'après Raphaël. Ep. avant la lettre sur chine.

22 — La Vierge à la chaise. Copie de la précédente, Ep. avant toutes lettres.

23 — Portrait de M. Guizot, d'après Paul Delaroche. Ep. avant toutes lettres sur chine.

24 — Le Comte Molé, d'après Ingres. Ep. avant toutes lettres.

25 — Le Duc de Morny. Ep. avant la lettre sur chine.

CAREY

26 — Intérieur de forge, d'après Le Nain. Très belle ép. avant toutes lettres.

CARON (Ad.)

27 — Le Christ au jardin des Oliviers, d'après Ary Scheffer. Ep. avant la lettre.

28 — Marguerite sortant de l'église, d'après Ary Scheffer. Ep. de remarque sur chine.

CARON (M.)

29 — Portrait de Béranger. Ep. sur papier de Chine.

CHAMPOLLION (E).

30 — Charmeurs, d'après Fortuny. Belle ép. avant la lettre.

CHAUVEL (TH.)

31 — Campement arabe, d'après Fromentin. Ep. avant la lettre sur chine.

CHAUVET (J.)

32 — Vues de Paris, gravées à l'eau-forte, 20 p.

CHENAY (P.)

33 — M. de Magnoncourt, d'après Chasseriatt. Ep d'artiste, signée.

COURTRY

34 — Satisfait, d'après Lobrichon. Ep. d'artiste, sur japon, imp. sanguine.

DELAFORGE

35 — Ecce homo, d'après Le Guide. Ep. avant la lettre sur chine.

DE MARE (T.)

36 — La Reine de Hollande, in-fol. Très belle ép. d'artiste sur japon. Signée.

37 — Portrait de Fragonard, d'après Lemoine in-4°. 2 ép., dont une d'artiste avec remarque.

38 — Les Jets d'eau, d'après Fragonard. Ep. de remarque sur japon.

DESBROSSES (L.)

39 — Clair de lune, d'après Daubigny. Ep. d'état signée.

40 — Le Chemin de l'église. Ep. d'artiste. Signée.

41 — Vaches dans la prairie. Ep. d'artiste sur japon.

42 — La Mare aux vaches. — Le vieux Pont. 2 p. belles ép.

DU BOUCHET (H.)

43 — Portrait de Mme Regnault de Saint-Jean d'Angély, d'après Gerard. Ep. d'artiste sur chine.

44 — Schnetz, directeur de l'académie de France, à Rome. — Robert-Fleury, d'après nature. 2 ép. d'artiste sur chine.

FLAMENG (L.)

45 — La jeune Fille à la poupée, d'après Amaury-Duval. Ep. avant la lettre sur chine.

46 — Portrait de J.-B. Greuze. Ep. avant la lettre.

47 — Contes et Récits enfantins. 5 vignettes avant la lettre sur chine.

48 — Frontispice des Odes funambulesques. — Les Dessous de Paris. 2 p.

FRANCK (J.)

49 — Le Christ mort, sur les genoux de la Vierge, d'après Vandyck, Ep. d'artiste sur chine.

50 — La Visitation, d'après Seb del Piombo. Ep. d'artiste sur chine.

FRANÇOIS

51 — Portraits du Titien et de Murillo. 2 p. avant la lettre.

GAILLARD (F.)

52 — La Vierge de la maison d'Orléans, d'après Raphaël. — Portrait de Condottière, d'après Antonello de Messine. 2 p., belles ép.

53 — Don Guéranger, Monseigneur Pie, Léon XIII, statue d'après Donatello. 4 p., belles ép. sur chine.

GARNIER

54 — La Descente de croix, d'après Rubens. Ép. avant la lettre.

GAUCHEREL (L.)

55 — La Femme en blanc, d'après Orchardsons. Ep. d'artiste sur japon.

56 — Epée offerte au général Cavaignac. — Casque romain. 9 p., ép. d'artiste.

57 — Ornements, Vases, etc. 30 p., ép. d'artiste.

58 — Costumes d'Italie. 23 p., plusieurs avant la lettre.

59 — Costumes. 48 p., plusieurs doubles.

GAUGEAN

60 — Le Bénédicité, d'après Chardin. Très belle eau-forte en couleur, sur papier du japon. Signée.

61 — Tête de jeune fille, d'après Greuze. 4 p. en états différents, en couleur.

62 — La Fontaine de la place de l'Observatoire, d'après Carpeaux. Ep. d'artiste à deux sujets sur la feuille.

GEOFFROY

63 — Madeleine. — Pépita, d'après Moreau. 2 p. avant la lettre sur chine.

64 — Révélation. — Méditation, d'après Chaplin. 2 p. avant la lettre sur chine.

GÉRAUT

65 — La Vierge de Lorette, d'après Raphaël. Ep. d'artiste sur chine.

GIRARDET (E.)

66 — Molière à la table de Louis XIV, d'après Gérôme. Ep. d'essai avant toutes lettres.

67 — Un Bal sous Charles IX, d'après Chevignard. Ep. sur chine avant toutes lettres.

68 — Les Helvètes faisant passer les Romains sous le d'après Gleyre. Ep. d'essai avant toutes lettres.

GIRARDET (P.)

69 — Chevaux au pâturage. — Une Bataille. 2 p., très belles ép. avant la lettre sur chine.

70 — Jeunes Chats. Ep. d'artiste sur chine.

GOUTIÈRE (T.)

71 — Le duc de La Rochefoucauld, d'après Sandoz. Ep. d'artiste sur chine.

GUÉRARD (H.)

72 — Calendrier pour 1883. 2 très belles ép. avant la lettre, dont une non terminée.

GUILLAUMOT (Fils)

73 — Costumes de femmes du XVIIIe siècle. 32 p.

HAMEL

74 — Vues de Normandie. Paysages et sujets divers. 20 p. sur japon.

HAUSSOULLIER

75 — Apollon et Marsyas, d'après Paul Baudry. Ep. d'artiste, avec dédicace signée.

HENRIQUEL-DUPONT

76 — Portrait de Mme Feuillet de Conches in-8°. Très belle ép.

HUOT (A.)

77 — Un Poëte florentin, d'après Cabanel. Ep. d'artiste sur chine. Signée du graveur.

78 — Le Baron Denon, d'après Prudhon. Très belle ép. sur chine.

HUOT ET BERTINOT

79 — Phryné. — Pénélope d'après Marchal. 2 p., ép. d'artiste sur chine.

ISRAELS (D'après)

80 — Ecole de couture à Katwyk. — Vrai Soutien. — Avant le Repas. — Le Pêcheur de Standvoork. 4 p. dont deux avant la lettre sur chine.

JACQUE (Ch.)

81 — Paysages et sujets. 5 p., belles ép.

82 — La Bergerie, réduction. Belle ép. avant toute lettre.

JACQUEMART (J.)

83 — Défilé des populations lorraines, d'après Meissonnier. Belle ép.

JACQUET (A.)

84 — Ophélie, d'après Cabanel. Ep. de remarque sur chine, signée du peintre et du graveur.

85 — Flore. — Psyché, d'après Cabanel. 2 p., ép. d'artiste sur chine. Signées du graveur.

JACQUET (J.)

86 — L'Invocation. — Le Sacrifice, d'après H. Leroux. 2 p., ép. d'artiste sur chine. Signées du peintre et du graveur.

KRATKÉ (H.)

87 — Le Chasseur, d'après Th. Rousseau. Ep. d'artiste sur japon. Signée.

LA GUILLERMIE

88 — Louis XIV et Mlle de La Vallière dans les jardins de Versailles, d'après Geffroy. Belle ép. avant la lettre.

LALANNE (Max.)

89 — Victor Hugo chez lui. Suite de douze pièces avant la lettre, in-8°.

LALAUZE (AD.)

90 — Portrait de Marie Leckzinska en pied, d'après Vanloo. Ep. d'artiste.

LAUGIER

91 — La belle Jardinière, d'après Raphaël. Ep. de remarque sur chine.

LEGROS

92 — Souvenirs des funambules. 4 p.

LEMOINE

93 — Immaculée Conception. — Saint Joseph, d'après Murillo. 2 p. avant la lettre sur chine.

LE RAT

94 — Portrait d'Alfred Delvau, in-8°. 3 ép. dont une avant la lettre et une à l'eau-forte pure sur japon.

LEROUX (EUG.)

95 — Samson, d'après Decamps. Ep. avant la lettre.

LE SUEUR (X.)

96 — L'Abandonnée d'après Adam. — Il reviendra, d'après H. Baron. 2 ép. d'artiste sur parchemin. Signées.

97 — L'Abandonnée — Il reviendra — Le Turco. — Kabile. — Un Espagnol. — 5 p. avant la lettre dont quatre sur japon.

LEVASSEUR

98 — La Vierge aux raisins, d'après Mignard. Ep. d'artiste sur chine.

LÉVY (G.)

99 — Lucrèce et Tarquin, d'après Cabanel. Ep. avant la lettre sur chine.

100 — Portraits du prince Albert, Jacques-Cœur, Ventura de la Véga, Joséphine-Fernande de Bourbon. 5 p. épreuves d'artiste sur chine.

LORICHON

101 — La Vierge au Rideau, d'après Raphaël. Ep. d'artiste sur chine.

MARTINET (Ach.)

102 — La Vierge à la Rédemption, d'après Raphaël. Ep. d'artiste sur chine. Signée du graveur.

MASSARD (L.)

103 — La Naissance de la Vierge, d'après Murillo. Ep. avant la lettre sur chine.

MASSON

104 — Retour des champs, d'après Pattein. Ep. de remarque sur papier de chine.

MITTCHELL (J.)

105 — Le nouvel Opéra de Paris, très belle ép.

MOREL (P.)

106 — Calendrier pour 1883 et 1884. 2 p. sur papier du japon.

MORSE

107 — Molière chez Corneille, d'après Gérome. Ep. avant toutes lettres sur chine.

108 — Mme Élisabeth. — Madame, fille de Louis XVI, in-8°. 2 ép. d'artiste sur chine.

109 — Le comte d'Iloym, d'après Rigaud. in 8°. Ep. d'artiste sur chine.

110 — Portrait du pape Léon XIII, in fol. Ep. d'artiste sur chine.

111 — Le même portrait. Ep. d'artiste sur papier du japon.

MUZELLE

112 — Les Fiancés, d'après Rougier. Ep. d'artiste sur chine. Signée du peintre et du graveur.

113 — Les Foins, d'après J. Dupré. Ep. d'artiste sur chine Signée du peintre et du graveur.

NARGEOT (Adm.)

114. — Vénus, d'après le Titien. Ep. avant la lettre sur chine.

NAUWENS

115 — Il ne pleut plus, d'après Verheyden. Ep. avant la lettre.

OUDART (F.)

116 — Cerfs dans les bois. 2 ép. d'artiste sur japon.

117 — Calendrier pour 1883. 2 très belles épreuves, dont une avant la lettre non terminée. Signées.

118 — Calendrier pour 1884. Très belle ép. avant la lettre sur japon. Signée.

PELÉE

119 — Frontispice du deuxième volume des *Chansons de Béranger*, d'après Lemud. Ep. d'artiste sur chine. Avec dédicace. Signée.

PENET

120. — Dante rencontre Matilda, d'après Maignan. Ep. de remarque sur japon. Signé du peintre et du graveur.

121 — Fleurs de printemps. — Fleurs d'été, d'après Simbaldi. 2 p. épreuves de remarque. Signées du peintre et du graveur.

122 — Doux Sommeil. — Ange gardien, d'après Renard et G. Ferrier. 2 p. épreuves d'artiste sur japon. Signées du graveur.

123 — *Ecce homo*, d'après le Guide. Ep. de remarque sur japon.

RAJON

124. — L'Étudiant pauvre, d'après Steinheil. Belle ép. sur chine.

RAPINE

125 — La Planète Vénus, d'après Falero. Ep. de remarque sur japon. Signée du graveur.

ROPS (Par et d'après)

126 — La buveuse d'absinthe, la Fileuse d'après Millet, Titre pour souvenirs de Barbizon, Tête de femme. 4 p.

SIXDÉNIERS

127 — La mort du Général Marceau d'après Bouchot. Très belle épreuve avant toutes lettres.

SOUMY (J.)

128 — Sainte Véronique, et Simon le Cyrénéen, d'après Le Sueur. Ep. avant la lettre sur chine.

TESSIER (L.)

129 — L'appel, d'après Hanoteau. Ep. d'artiste sur japon.

THÉVENIN

130 — L'Enfant charitable, d'après Ary Scheffer. Ep. d'artiste.

TOUSSAINT (H.)

131 — La Parisienne, d'après R. Collin. Ep. d'artiste sur japon. Signée.

132 — Portrait de Marie-Antoinette, in-8° 2. ép. dont une à l'eau-forte pure.

133 — Vues de Rouen, gravées à l'au forte. 8 p., épreuves d'artiste.

DIVERS

134 — Calendrier pour 1880, 1881, 1882, 1883, 1884 et 1885, par Oudart, Mordant, Formstecher et A. Gaillard. 10 p. dont plusieurs sur japon.

135 — Eaux-fortes par Corot, Jeanron, Los Rios, Chauvel, Mathey. 10 p.

136 — Par Flameng, Gilli, Lancon, Maignan, Milius, Martinez, Smith, Taicé, 19 p.

137 — Par Gravesande, Van Marck, Lalauze, Appran, Gillé, Greux, etc. 20 p. la plupart avant la lettre sur japon.

138 — Par Buhot, Greux, Hamel, Saffrey, Gaucherel, Eug. Girardet, Gaujean, Waltner, Oyrassat, etc. 33 p. plusieurs avant la lettre.

139 — Eaux-fortes modernes. 44 p. avant la lettre, plusieurs sur japon.

140 — Eaux-fortes modernes. 130 p.

ESTAMPES ANCIENNES

141 **Alix** (P.-M.). Voltaire, J.-J. Rousseau. 2 p. en couleur.

142 **Aubry**. La Bonté maternelle, par Blot. Très belle épreuve.

143 **Baudouin**. Le Midi. — La Nuit par de Ghendt. 2 épreuves.

144 **Boilly** (L.). Le Sommeil de l'innocence. — L'Amitié filiale, par Texier. 2 p., belles épreuves.

145 **Boilly, Granville**, etc. Lithographies diverses. 23 p.

146 **Boucher.** Le départ et l'arrivée du Courrier, par Beauvarlet. Très belles ép. anciennes, ayant été lavées.

147 — Foire de ampagne, par Cochin. Très belle ép.

148 — Le Trait dangereux, par Poletnich. Très belle ép.

149 **Bromley-Outhwaite** etc, Vellington à Waterloo, Incendie de l'*Océan Monarch*, Napoléon, entouré de ses généraux. 3 p., gr. in-fol.

150 **Cochin** (d'ap.) Portraits de Amelot, de La Condamine, S. Boutin, de Valogni. 4 p., belles épreuves.

151 **David** (A.). Le Marché aux herbes d'Amsterdam. Belle ép. avant la lettre.

152 **Debucourt**. Route du Marché, d'après Carle Vernet. Belle ép. en couleur, toute marge.

153 **Demarteau**. La Peinture d'après Boucher. Très belle ép. à la sanguine.

154 **Desportes** (F.). La chasse au loup, par Joullain. Très belle ép.

155 **Drevet** (P.). Louis-Philippeaux marquis de La Vrillière, d'après Gobert, in-fol. Belle ép.

156 **Emy** (H.). Les Chanteurs de Paris, suite de 6 p.

157 **Fragonard** (H.). Le Verrou, par Blot. Ep. avant la deuxième ligne, les noms des artistes à la pointe.

158 **Gaucher** (C.-S.). Portrait de Gail, d'ap. Le Barbier. in 18. Très belle ép.

159 **Gavarni**. Costumes, 20 p.

160 — **Greuze** (J.-B.). L'enfnat gâté, par Maleuvre. — Ne l'éveille pas, par L. Cars. — La Marchande de marrons, par Beauvarlet, 3 belles épreuves.

161 — **Guérard.** Costumes et danses de l'Opéra. 12 p. en noir et coloriées.

162 — **Hodges** (C.). Le général Pichegru. — Le général Brune, in-fol. 2 p. belles ép.

163 — **Huet** (J.-B.) Le petit Cavalier — La Chèvre bien aimée. 2 p. belles ép. en couleur.

164 — **Le Clerc.** L'Enfant prodigue exigeant sa légitime, par Gaillard. — Le départ de l'Enfant prodigue, par Basan. 2 p. très belles ép.

165 — **Le Prince** (J.-B.). Les Modèles, par De Longueil Ep. avant la lettre.

166 — **Lingée** (Ch.). Gertrude Vandergoés, d'après Mme Lingée, rond in-8°. 2 très belles ép. dont une imprimée en bleu.

167 **Lorenz** (A.). Les Claqueurs. Suite de 12 p.

168 — Jours gras. 10 p.

169 — **Luini.** (d'ap.) La Vierge, l'Enfant Jésus et Saint Jean. Ep. d'artiste avant toutes lettres.

170 — **Monnet.** Sujets de l'histoire de la Révolution française. 18 p., anciennes épreuves.

171 **Moreau** le jeune. Buste de Marie-Antoinette soutenue par les grâces, en tête des *Œuvres de Métastase*, par Le Veau, in-8°. Très belle ép.

172 **Nargeot.** Louis-Philippe visitant le Salon. en 1832, d'après Heim. Ep. avant la lettre.

173 **Ostade.** Partie de son œuvre. 18 p. en un album br.

174 **Prudhon.** L'Amour captif, par Copia. Très belle ép. avant la lettre, remargée comme chine.

175 — L'Amour rit des pleurs qu'il fait verser. — La Vengeance de Cérès, par Copia. 2 p.. très belle ép avant la lettre.

176 — Le Zéphir, par Laugier. Très belle ép. ancienne.

177 — La Famille indigente, par Caron. Belle ép.

178 — Aminta-Abrocome et Anzia, par Roger. 2 p., très belles ép.

179 — Daphnis et Chloé, Abrocome et Anzia, lotta Gre, par Roger etc. 6 p.

180 **Raimbach** (A.). The cut finger, d'après Wilkie. Très belle ép., lettre grise.

181 **Ravenet**. La Chasse à l'oiseau, d'après Vanloo. Très belle ép.

182 **Rembrandt**. La Fuite en Egypte, la petite Résurrection de Lazare, Vieillard à bonnet fourré, Vieille mendiante. 7 p., belles ép.

183 **Richomme** et autres. Daphnis et Chloé, d'après Gérard. — Ruth et Booz, avant la lettre. — La Nymphe, d'après Lancrenon. 3 p., belles ép.

184 — La Mort de Léonard de Vinci, d'après Ingres. Ep. non terminée,

185 **Romanet**. Le Marchand de village. — Le Chanteur en foire, d'après Sechaz. 2 p., belles ép.

186 **Saint Aubin**. Frontispice allégorique avec portrai de Linguet, in-8°. Très belle ép.

187 **Schenau**. La Mère qui intercède, par Duflos. Très belle ép. grandes marges.

188 **Silanio**. La dernière Entrevue de Louis XVI avec sa famille. — La deuxième Séparation. Le Dernier moment de Louis XVI. — Le dernier Supplice de Mme Elisabeth, sœur de Louis XVI. 4 p., belles ép.

189 **Silvestre** (Israël). Vue du Château de Chantilly. — Le Canal de Chantilly. 2 p., très belles ép., marges.

190 — Vues des Châteaux de Saint-Germain-en-Laye. — Vue du Prieuré et village de Croissy. 3 p., très belles ép., grandes marges.

191 — Vue du Château de Grosbois. — Le Château de Meudon. — Le Château de Fresne. 5 p., très belles ép., grandes marges.

192 — Vue du Château de Chaillot. — Vue d'une partie du Cours et de la Savonnerie. — Le Château de Vincennes. — Vues de la Maison de Gondy à Saint-Cloud. — Le Château de Meudon. 7 p., très belles ép., grandes marges.

193 — Vue de l'Entrée du château d'Ancy-le-Franc. — Vue d'une partie de la Ville de Grenoble. — Vue de Tonnerre. — Eglise des Minimes de Tonnerre. 4 p., belles ép.

194 — Vue de l'Hôtel de Ville de Paris et de la place de Grève. — La Sainte-Chapelle et la Chambre des Comptes. — Le grand Couvent des Augustins, qui regarde l'île du Palais. — L'Église et le Cimetière des Saints-Innocents. — L'Eglise de Saint-Victor. 5 p., très belles ép., grandes marges.

195 — Vue d'une partie de l'Église des Carmes déchaussées et de la Galerie du Louvre, Abside de Notre-Dame, Le Fort-Royal, dans le palais Cardinal, Maison de Bretonvilliers, Vue de l'Ille Louviers, l'Église et l'Hôpital Saint-Louis, le Palais d'Orléans, l'Hôtel de Soissons. 10 p. très belles ép.

196 **Uliet** (J. Van). Tabagie. Très belles ép.

197 **Verkolie.** Diane et Calisto. — Paris et Œnone, d'après Netscher. 2 p., belles ép.

198 **Gravures diverses.** Portrait de Louis XVI enfant, in-fol. Ep. avant toutes lettres et avec la partie du bas non terminée. Rare.

199 **Gravures** par et d'après Rembrandt Ostade, Lucas de Leyde, George Penez, etc. 35 p.

200 Gravures diverses anciennes. 36 p.

201 — De l'École française du XVIIIe siècle, 23 p.

202 — Eaux-fortes et lithographies diverses. 20 p. plusieurs avant la lettre.

203 — Sujets divers gravés à l'aquatinte et lithographiés grand in-fol.

204 — Portraits publiés par Blaisot, in 8°. 43 p.

205 — Publiés par Furne. 55 p.

206 — Portraits divers gravés et lithographiés. 33 p. plusieurs avant la lettre.

207 — Portraits anciens. 28 p.

208 — Modernes. Environ 100 p.

209 — Portraits et Vignettes pour Paul et Virginie, édition Curmer. 33 p., deux portraits sont avant la lettre.

210 — Suite de 12 Vignettes de Folkema pour *Don Quichotte*. Belles ép.

211 — Vignettes pour Robinson Crusoé, in-8°. 25 p. sur chine volant.

212 — Frontispices pour la Pléiade. 7 p.

213 — Vignettes anciennes. 45 p. plusieurs avant la lettre.

214 — Modernes. 34 p. avant la lettre et sur chine volant.

215 — Vues de Paris et de France, par Perelle, Mérian, Janinet et autres. 70 p.

216 — Costume Parisien. Modes de Paris. 1824, 1829. 32 p. coloriées.

217 — Costumes d'après Gavarni, Bouchot, Roulandson. 15 p. coloriées.

218 — Caricatures et affiches de la Commune, en 1871. 43 p., la plupart coloriées.

219 — Ornements pour illustrations de livres. Environ 100 p. épreuves d'essai sur chine.

220 — Photographies d'après des Tableaux. 9 p.

221 — **Dessins**. La Carcasse, d'après Marc-Antoine Raimondi. Beau dessin à la sanguine.

222 — Une rue en Normandie par Maurin. Joli dessin à l'aquarelle.

223 — Sujets divers, par Pierre Morel. 32 dessins à la plume.

224 — Dessins originaux et procédés rehaussés par Louis Galice pour *le Revenant*. 16 feuilles.

225 — Dessins russes et Décors de théâtre. 11 p. à l'aquarelle et à l'encre de chine.

226 — Dessins anciens et modernes. 17 p., plusieurs à l'aquarelle.

227 **Livres** et **Catalogues**. Œuvres choisies de Fénelon, par G. David, illustrées par H. Du Bouchet. *Paris*, Léon Bonhoure 1879. 1 vol, in-8°. cart. non rogné.

228 — Notice bibliographique sur la comédie de la *Folle journée* ou le Mariage de Figaro par F. de Marescot, *Paris*, 1871. 1 vol. in-8°, br.

229 — Nouveau Dictionnaire des peintres anciens et contemporains, par Th. Guédy. *Paris*, 1882. 1 vol. in-8°, br.

230 — Guide de l'Amateur de livres à vignettes du XVIIIe siècle, par Henry Cohen, 2e édition. *Paris*, Rouquette, 1873. 1 vol. in-8. cart. non rogné.

231 — Le Musée Wicar, par Louis Gonse. *Paris*, Gazette des Beaux-Arts, 1878. 1 vol. in-4. br. (manque une figure). 2 ex.

232 — J.-F. Millet, par Alex. Piedagnel, avec 1 portrait et 9 eaux fortes. *Paris*, Cadart, 1876. 1 vol. in-8, br.

233 — Catalogue des Tableaux anciens de toutes les écoles, composant la très importante collection de M. le baron de Beurnonville. *Paris*, 1881. 1 vol. in-4. br., illustré illustré d'un grand nombre d'eaux-fortes.

234 — Environ 15 lots de gravures diverses, Portraits, Vues, Albums, etc. et les portefeuilles de la collection.

Vve Renou et Maulde, imprimeurs de la Compagnie des Commissaires-Priseurs, rue de Rivoli, 144. 000—72900

www.ingramcontent.com/pod-product-compliance
Ingram Content Group UK Ltd.
Pitfield, Milton Keynes, MK11 3LW, UK
UKHW021039260726
13994UKWH00005B/2263